FERNAND LAFFITTE

MAX RÉGIS

ET SON ŒUVRE

(AVEC PORTRAIT)

DIX CENTIMES

ALGER
IMPRIMERIE TYPOGRAPHIQUE ERNEST MALLEBAY
30, RUE DE CONSTANTINE, 30

1898

KINA ANTIJUIF

Ce **KINA**, puissant préservatif contre l'anémie, est un apéritif tonique, antifiévreux, laxatif, fortifiant, antijuif, détruisant tous les microbes judaïques dont l'air est pollué.

Préparé avec les meilleurs crus d'Algérie, à base de quinquina authentique, il se recommande aux personnes faibles et aux vieillards, à qui il redonne la vigueur des jeunes antijuifs.

Ce délicieux **KINA**, tout en étant un réorganiste physique, est en même temps un réconfortant moral ; car, par sa fabrication purement antijuive, il prouve le progrès qu'accomplit l'idée libératrice.

DEMANDEZ PARTOUT

L'ABSINTHE ☛

☛ ANTIJUIVE

Produit essentiellement français

DÉFIANT TOUTE CONCURRENCE

A. GEORGE Aîné

Agent Général pour l'Algérie et la Tunisie

1, AVENUE DE LA GARE, 1

→ MUSTAPHA-AGHA ←

Fernand Laffitte

MAX RÉGIS

& SON OEUVRE

(AVEC PORTRAIT)

Dix Centimes

ALGER
IMPRIMERIE TYPOGRAPHIQUE ERNEST MALLEBAY
Rue de Constantine, 30

1898

Max RÉGIS

MAX RÉGIS

Introduction

J'AVAIS beaucoup entendu parler de Max Régis, mais je ne le connaissais pas. De lui, je ne savais qu'une chose : « C'est qu'il n'aimait pas les Juifs ».

En juillet dernier, nous fîmes connaissance le plus naturellement du monde. Je menais à cette époque une existence indécise purement contemplative. Retiré sur les coteaux de Mustapha, par nature et par goût, je ne prenais part à aucune combativité et dans cette stagnation d'âme, mon travail cérébral consistait à rêver de chimériques conceptions n'appartenant qu'au domaine de l'Immatériel. Dans cet état, heureusement passager, que subit tout intellectuel, les incidents sociaux sont noyés dans la brume violette d'un far-niente. On est l'esclave de l'Indifférence et les choses les plus graves de la vie passent inaperçues.

Si je note rapidement ici cette situation d'esprit, ce n'est que pour mieux faire ressortir le contraste qui existait alors entre Max Régis et moi. Antipodiquement opposés par tempérament, je ne me serais jamais figuré pouvoir être un jour son dévoué compagnon de route sur le chemin escarpé dans lequel il s'est engagé, je n'aurais jamais cru devenir son collaborateur dans l'œuvre grandiose qu'il a entreprise et que par sa ténacité, son courage, il mène à la victoire !

Présenté à lui par quelques amis, aujourd'hui vaillants soldats antijuifs, nos mains, instinctivement, s'étreignirent avec sincérité. Le premier numéro de l'*Antijuif* avait paru la veille, et évidemment comme cette apparition marquait une ère nouvelle, la conversation tomba sur le Juif.

— « Oh ! ils auront du fil à retordre avec moi... n'ayez crainte. Je les combattrai jusqu'au bout ces sales Juifs et ce n'est pas leur or qui me fera taire ».

Et derrière le fin sourire dont Max Regis soulignait ces paroles, il me fut facile d'apercevoir la bravoure indomptable que met le Directeur de l'*Antijuif* dans toutes ses attaques. Je fus de suite son ami. La sincérité qui débordait de sa conversation, la simplicité de son programme qui se réduit à ceci : « Sus aux Juifs dans tous leurs actes ! » tout cela m'intéressa, m'attira vers lui. Aussi, lorsqu'il me dit : « Je suis seul, voulez-vous être mon collaborateur ? » il n'y eut pas d'hésitation dans ma réponse.

— « Non seulement je serai votre collaborateur, mais de plus je serai votre ami ».

Depuis je ne l'ai plus quitté et je suis heureux et fier d'avoir tenu en tous points ma promesse, chose que tout le monde n'a pas fait.

Notes biographiques

Max Régis est né à Sétif le 8 juin 1873. Dès sa prime jeunesse, les qualités actuelles qui le caractérisent se révélèrent. Il se fit remarquer par son intelligence, intelligence vive, trop vive même parfois, qui procède par instantanés, étant avide d'espace et de trouvailles. Enfant, son amour de la liberté se manifesta fougueusement, parfois jusqu'à être indompable et ses aptitudes physiques herculéennes servirent toujours merveilleusement sa passion d'indépendance.

Il avait 10 ans, lorsqu'il partit à Paris pour faire ses études au Lycée Louis-le-Grand. Il revint quelques années après au Lycée d'Alger, puis alla passer ses examens à Montpellier. Reçu bachelier, il fit sa première année de droit à Alger. Mais cette nature ardente saisit aux vacances l'occasion de se manifester. En congé dans sa ville natale, il fit ses premières armes de journaliste dans le *Progrès de Sétif* en qualité de rédacteur en chef. Aux élections départementales, il combattit vaillamment Juifs et judaïsants avec l'ardeur qui auréole sa campagne actuelle. On n'était pas habitué à pareille violence, aussi la lutte fut chaude et ses ennemis nombreux. Plusieurs fois dans la mêlée, il fut victime de lâches agressions, desquelles il sortit toujours vainqueur grâce à son sang-froid et à sa force physique. Plusieurs fois, il y eut échange de témoins, et il stigmatisa le Juif Zermati par un procès-verbal de carence pour sa couardise. Ce youtre se fit vainement attendre sur le terrain d'honneur. Ce fut à cette époque qu'il eut un duel retentissant avec un officier du nom de Perroux.

Le jeune polémiste (il avait alors 21 ans), malgré son ardeur, sa sagacité à la lutte, ne put vaincre la honteuse alliance des Juifs et des judaïsants et le candidat consistorial fut élu. Pour se reposer de cette violente rencontre, Max Régis parcourut durant deux mois la Tunisie, où il écrivit quelques nouvelles très appréciées. Le service militaire l'appela à Oran au 12e d'artillerie. Là encore ses idées d'indépendance absolue se manifestèrent, et il réagit vaillamment contre le servage auquel sont astreints les « bleus » par les « anciens ». Il se résigna avec peine à la discipline qui, elle, ne l'épargna pas. Libéré, Max Régis, quelques temps après, revint à Alger pour continuer ses études de droit. Dès lors, et les circonstances se déclarant hostiles à ses nobles idées, il se jeta bravement dans l'arène antijuive. Le gouvernement venait d'envoyer à la faculté le professeur juif Lévy. Il n'en fallut pas davantage. L'indignation alluma l'effervescence dans tous les cœurs de la jeunesse intellectuelle algéroise. On se révolta, on fit grève, et avec son frère Louis, qui dans toutes les graves circonstances sait montrer sa bravoure et son fraternel dévouement, Max Régis refusant les lumières d'un professeur cachir, se mit à la tête du mouvement. Cet élan patriotique fut grandiose de la part de ces jeunes intelligences. Elles luttèrent jusqu'au bout et obtinrent l'exécution de cette immonde créature. Mais dans la lutte, Max et Louis furent atteints, le premier de 2 ans de suspension et le second de six mois de la même peine. Désormais, ne pouvant continuer ses études et ne résistant plus au dégoût profond que lui inspirait le juif, il étudia avidement la question juive en Algérie. Quelques temps après, populaire par son courage et ses nobles aspirations, la Ligue Antijuive qui comptait déjà un nom glorieux, Fernand Grégroire, le nomma Président. Cet honneur qu'il méritait à tous les points de vue, fut suivi d'une rencontre avec Lidel, partisan de Lévy. Max le blessa à la poitrine.

La lutte était dès lors engagée et le 14 Juillet 1897, l'*Antijuif* sonnait le premier la charge contre Israël !

L'Œuvre de Max Régis

L'œuvre de Max Régis est grandiose, personnelle, et est celle d'un convaincu. S'il est arrivé à quelques résultats, ce n'est que par une lutte inouïe, que seuls, ceux qui l'ont approché connaissent et peuvent apprécier. Il n'ignorait pas que s'attaquer au Juif, c'était se heurter à une puissance formidable, qui détient ce qu'on est obligé d'appeler le *nerf de la guerre*. Toutes les autorités algéroises consultées au sujet de l'apparition de l'*Antijuif*, hochèrent tristement la tête, à l'exception de M. Mallebay, le délicat écrivain, directeur de la *Revue Algérienne* et du satirique *Turco-Vélo*, qui l'approuva en tous points. Rien ne put l'arrêter dans son audacieux projet ; cette crainte générale le fit sourire, car il avait confiance en lui. Il savait qu'il ne flancherait pas les jours d'orage, aussi se jeta-t-il bravement à la tête, avec son journal comme pavillon.

Depuis la mort de Grégoire, l'idée antijuive sommeillait à Alger. Constantine avec Morinaud, Réjou et Masson, Oran avec Bidaine, avaient bien donné le signal ; mais prudent, ou plutôt engourdi par une somnolence orientale, l'Algérois, n'ayant plus de chef, se contentait d'abhorrer le Juif, sans agir autrement qu'en gardant sa haine silencieuse dans le cœur. Cette attitude purement contemplative de l'antijuif, faisait le jeu très beau aux youtres d'Alger. Leur commerce prospérait considérablement, absorbant tout le commerce français. L'usure, la rapine, le vol, la faillite, tous les procédés juifs se pratiquaient avec une liberté révoltante, et la misère devenait plus grande dans nos rangs. Sentant leur puissance accroître avec rapidité, les Juifs se montrèrent d'une arrogance extrême, et pendant quelques temps on put voir ces êtres crasseux, qui cinquante ans avant léchaient les babouches turques, nous narguer insolemment dans la rue.

Malgré la pénible situation que nous faisait subir cette race, l'enthousiasme qui accueillit la venue de l'*Antijuif*, fut un instant relatif. On hésitait ; certes, on applaudissait de tout cœur au programme décisif de ce journal, mais éprouvant une certaine crainte, surtout connaissant la puissance de l'ennemi que Max Régis attaquait, on était facilement porté à taxer de chimérique le rêve que le vaillant lutteur se proposait de métamorphoser en réalité.

Cette attitude dubitative de la part de la foule fut éphémère. Après quelques violentes attaques, on s'aperçut qu'on avait affaire à un homme d'action, et non à un utopiste. Le péril juif violemment défini, fit bondir d'indignation le cœur de tous ceux qui, sans chauvinisme, avaient le culte de la Patrie, et dès lors, l'*Antijuif* fut proclamé *organe officiel du peuple*, dont les nécessités présentes forcent la lecture.

Les méfaits juifs pullulaient dans la Colonie : la pâture pour le nouveau journal fut surabondante.

Parmi cette avalanche d'ignobles procédés, Max Régis fut écœuré de ceux que pratiquait librement un gros boucher juif, Mantoue, dont la puissance était telle qu'on le surnommait « Roi de l'abattoir ! »

Audacieusement, armé de son scalpel réaliste, le directeur de l'*Antijuif* fit une large trouée dans la vie de ce youtre. Le pus judaïque qui s'en découla, mit au grand jour une série d'inimaginables méfaits qui, après avoir provoqué la stupéfaction, alluma dans la foule une légitime exaspération, suivie de nausées. On fut édifié dès lors sur les monstrueuses choses qui se passaient clandestinement à l'abattoir : viandes avariées, vaches crevées mises en consommation, veaux morts-nés, etc. On aurait cru assister à un déterrage de cimetière, tellement il se dégageait d'odeurs nauséabondes de cet étal de pourritures. Dans cette affaire le péril juif se dessinait merveilleusement dant toute sa hideur ; on eut dès lors la certitude que le Juif, pour arriver à réaliser de plus gros bénéfices, ne craignait même pas à mettre en danger la vie humaine. Le scandale fut grand, et trouva de l'écho jusque dans la Métropole. Mantoue fut stigmatisé, et un inspecteur-vétérinaire, Dauzon, complice du juif, fut quelques jours après exécuté par une *démission significative*.

Le juif a deux armes terribles dont il sait habilement se servir lorsqu'on l'attaque : *L'Argent* et la *Justice*.

L'argent est la poignée, la justice la lame. Il sait que quoique coupable des actes qu'on lui reproche il aura toujours raison en correctionnelle, *la preuve n'étant pas admise*. Ayant de l'argent, le Juif attaque cyniquement et nos lois stupides lui donnent raison.

Mantoue traîna l'*Antijuif* devant les tribunaux. La série des procès fut célèbre. La foule sympathique à Max Régis, prit d'assaut la salle des pas-perdus pour saluer et acclamer le jeune lutteur sur son passage.

Une telle popularité si vite acquise énerva sans doute Thémis qui frappa rigoureusement la noble franchise et la sincérité de Max Régis. C'était le premier coup d'estoc de cette aventureuse lutte.

Durant ces péripéties qui n'avaient que le don de mettre plus d'ardeurs dans les attaques de l'*Antijuif*, un autre ennemi puissant se dressa soudain, voulant enrayer le programme d'épuration que s'était imposé cette vaillante feuille.

Digne héritier de l'idée que la belle âme de Grégoire avait toujours poursuivie, Max Régis, fervent admirateur de cet admirable martyr de la cause antijuive, crut devoir, à l'occasion de l'anniversaire de sa mort, inviter la population à venir saluer respectueusement la chère dépouille de ce brave. La foule répondit chaleureusement à cet appel en se rendant compacte au cimetière le 27 septembre 97. L'ennemi était là dissimulé derrière les pierres tombales qu'il venait de faire profaner par les talons inconsciemment sacrilèges de la maréchaussée. A peine Max Régis, suivi de toute la population, se présentait-il à la porte du « champ de repos » avec des couronnes, qu'une voix formidable cria : « Halte-là ! » Régis interpella, invoqua le culte sacré des morts, respecté depuis les temps préhistorisques par tous les gouvernements. L'ordre préfectoral était formel, inébranlable. Devant cette défense absurde, la foule épousant l'indignation de son chef, voulut protester. Mal lui en prit, car à cette manifestation de liberté populaire, Jacob Granet, préfet consistorial, vengea Israël en faisant charger la foule.

Cet acte de sauvagerie est encore et pour longtemps gravé dans toutes les mémoires. On eut l'écœurant spectacle dans un pays civilisé de voir le peuple piétiné férocement par des chevaux excités sous l'éperon des pandores. On vit des femmes, des enfants foulés dans la poussière par des sbires préalablement enivrés. On vit les premiers faits d'armes du commissaire central qui, encouragé, devait plus tard assassiner à coups de knout de paisibles passants.

Et toutes ces atrocités peu faites pour calmer la foule, qui, secouée de sa torpeur, venait de retrouver son énergie ancienne, se déroulaient sous le ricanement satanique et satisfait de l'inquisiteur de la place Soult-Berg.

Le clan des judaïsants et des vendus, sous les ordres du Préfet venait de se révéler redoutable et prêt à tout. Ce n'était plus un ennemi que Régis avait a combrattre, c'était deux, harmonieusement unis. Mais le danger ne l'a jamais intimidé, loin de là ; il y puise lorsqu'il est bien défini des forces surhumaines qui pourraient faire croire qu'il le recherche même par dilletantisme.

A ce premier échec, Max Régis ne se tint pas pour battu. Le dimanche suivant, 3 octobre, accompagné d'une foule énorme et mieux préparée, car elle avait au cœur l'insulte préfectorale du 27 septembre, il se rendit de nouveau au cimetière. La consigne qui les attendait était plus inhumaine encore. Accompagné par Mantoue et Paysant, Jacob Granet avait en personne, dès le matin, établi ses batteries et ses troupes sur les coteaux de Mustapha en se servant du mur du cimetière comme créneaux. Quatre gendarmes sabre au poing gardaient, graves, comme s'il s'agissait d'un homme dangereux, la tombe de Grégoire.

Dans son landau officiel, barrant son facies de polichinelle d'un sourire bestial, Granet attendait sous bonne escorte. Et dès que Max fut signalé par une vigie officielle, sans les sommations d'usage, ce Napoléon de Jérusalem fit un geste de Dictateur et ordonna la charge. Le choc fut horrible à voir. Imprudent, ne voulant se garer, Max Régis faillit être écharpé et ne dut son salut qu'à ses amis. Indigné et le peuple réclamant justice, il voulut alors dans un meeting en plein air, protester contre ces bestialités administratives. Mais une main policière l'appréhenda au collet et tandis que Paysant assommait la foule, que les pandores piétinaient la foule, que les flics coupe-choux au poing lardaient la foule, Régis était conduit au poste. Les couronnes, grâce à un stratagème, furent déposées quand même sur le tombeau du vaillant disparu, mais le Directeur de l'*Antijuif*, accusé d'attroupements, connut pendant huit jours les cachots de Barberousse.

Ce deuxième contact avec Thémis lui révéla un troisième ennemi aussi redoutable et vindicatif que les deux premiers : le Parquet. Avec trop de franchise, il avait insinué dans ses attaques quelques abus commis par ce dernier et dame ! la vérité n'est pas toujours bonne à dire. L'*Antijuif* violemment pris à parti dans un réquisitoire, Max Régis voulut défendre l'honneur de son journal. Il le défendit avec l'ardeur qui caractérise ses moindres actions. Malheureusement avec une puissance comme le Parquet, où règne un ocultisme bizarre, on est toujours battu mais non vaincu. Et Régis paya cette généreuse défense par une condamnation de deux mois de prison.

Dès lors, les camps adversaires étaient nettement définis.

L'*Antijuif* avait devant lui : le Juif, la Préfecture et ses satellites, le Parquet, trois ennemis, les deux derniers actionnés du premier par esprit de sauvegarde.

Depuis, c'est le plus beau tournoi auquel on puisse assister. Seul, soutenu seulement par l'enthousiasme populaire, Max Régis tient tête avec son journal contre cette tourbe d'ennemis, dont les attaques sont incessantes et dangereuses. Il mène de front cette campagne héroïque, faisant abnégation de tout. Armé du croc du chiffonnier, il soulève les loques d'Israël, et met en lumière toutes les crapuleries, tous les vols, tous les trafics ignobles qui se perpétrent dans la pénombre des ghettos. Il a montré le Juif sous toutes ses phases, sous toutes ses formes.

Avec Adda, il l'a montré au Tribunal de Commerce exploitant de naïfs intéressés au point de les réduire à la misère. Il l'a dévoilé sans sentiments filiaux et échafaudeur de fortune rapide avec Amaoua. Zitoun lui a servi pour le présenter cynique et pornographe, faisant de la cave de son ghetto un boudoir à fillettes. Il a prouvé que le Juif était exploiteur d'ouvriers, avec les Ben Saïd, qui spéculaient honteusement sur les assurances ; plus tard il l'a dévoilé, avec les mêmes, hostile à l'armée jusqu'à aller l'infester de la morve. Il l'a montré failli avec Molina ; escroc avec Seymann ; faussaire avec Abbou ; sacrilège de nos objets sacrés avec Temime.

Il l'a présenté banquier crapuleux avec Tabet et Azoulay ; pourri avec le teigneux de la Pointe-Pescade. Dans le barreau il l'a fait connaître peu scrupuleux avec Durand (alias Ben Drann). Dans les impasses infectes, il l'a découvert pédéraste avec Morjean et Weil.

Il l'a dénoncé à l'Etat, comme voleur, avec Bitoun ; exploiteur des prisonniers avec Mantoue. Beniaya, Laskar, Sichel, Ouayoum, Stora, Kanoui, etc., etc., lui ont servi à jeter un flot de lumière dans les fonds obscurs des ghettos. Avec Zermati, il l'a montré s'assimilant crapuleusement à nos sports dernière mode. Rien n'a échappé à sa flagellation : maîtres chanteurs, draîneurs au Mont-de-Piété, racoleurs, proxénètes, assassins. Israël a été dépouillé de ce vernis social qu'il avait acquis par un demi-siècle de contact. Il a montré le Juif surtout irréductible, et comme un être anti-social, fermé à toute civilisation. Par des axiomes et des faits d'une violence inouïe, il a prouvé que sa campagne était nécessaire, légitime, le Juif étant le pire ennemi de notre Société.

Tous ces corbeaux voraces, qui avaient servi de prototypes

pour faire la preuve du péril juif, croassèrent à l'unisson, et comme Mantoue, firent pleuvoir des *bleus procéduriers* sur le vaillant journal, croyant atténuer la tempête qui se déchaînait grondante sur Israël.

L'intimidation est inconnue à l'*Antijuif*, et de plus belle Max Régis, fier de son œuvre, continua la lutte. Une telle persistance sema l'effroi parmi cette race poltronne, qui médita une autre vengeance.

Un Chaloum Vidal, youtre capable des pires ignominies, prêta pour cette circonstance sa feuille-ghetto, le *Colon Oranais* (lisez *Cochon*) — genre *Siècle* ou *Mitidja*, dont les directeurs, vendus aux Juifs, ont prouvé leur lâcheté. — Les plus basses calomnies sur Max Régis, furent dès lors versées dans ce torchon, remplissant l'office de tombereau, sous la signature d'Argus. Indigné d'une pareille infamie, le directeur de l'*Antijuif* demanda le nom du drôle qui se dissimulait derrière l'anonymat. Israël bondit de joie, la vengeance méditée se réalisant. Cynique, un sourire de fauve repu de sang sur les lèvres, Carrus (alias Ben Arrouch) se présenta. Spadassin-professionnel, d'allures louches, d'une moralité douteuse, ce Juif est le défenseur consistorial dans toutes les affaires d'honneur (!).

Régis, malgré les protestations de tous, lui faisant ressortir qu'un youtre n'avait pas d'honneur, et que c'était lui donner une certaine priorité en lui accordant une réparation par les armes, dépêcha deux amis, Irr et Pouzet, à ce personnage. La rencontre eut lieu, mais le rêve d'Israël ne fut pas réalisé, et sur le terrain que Carrus n'avait pas droit de fouler, Max Régis cracha à la face de ce drôle tout le mépris et le dégoût que lui inspire la juiverie.

La popularité de l'*Antijuif* était devenue du délire. Toujours sur la brèche, Régis, réclamé par tous, alla porter la Bonne Parole dans l'intérieur. Ses conférences, religieusement écoutées, furent un vrai triomphe, car le colon plus que tout autre connaît le juif. De tous côtés, ce ne fut qu'un cri général, qu'une seule pensée : « A bas les Juifs ! »

Pour faire accomplir cette formidable résurrection des sentiments français et semer le désarroi parmi cette race qui semblait inébranlable tellement était grande sa puissance, Max Régis n'avait mis que six mois !

Infatigable, il revint à Alger. Morfondu, Israël ne ripostait plus, mais le troisième ennemi, le Parquet, allait agir. Une pluie d'*appels à minima* s'abattit sur la feuille antijuive et toutes les condamnations formulées par la correctionnelle envers l'*Anti-juif* furent doublées. Mantoue, de Montessus et Cie obtinrent une double satisfaction et leurs méfaits triomphèrent.

Se soumettre à cette injustice ? Jamais. Rendre les armes ? Jamais. Max Régis lutta sans trêve, et sa ténacité à la lutte fit blottir un instant ses ennemis, l'un dans les sous-pentes du Palais d'hiver gubernatorial, l'autre dans les oubliettes préfectorales, le juif sous les comptoirs crasseux du ghetto.

***

La honteuse ignominie du syndicat Dreyfus fut accueillie, sur ces entrefaites, comme elle devait l'être par la population d'Algérie. On connaissait le juif capable des pires crapuleries, on l'ignorait traître et maculeur du drapeau.

A cette révélation, les Algérois redevenus patriotes et soucieux de leurs intérêts par l'exemple de Régis, bondirent sous cette trahison juive et firent leur devoir de citoyen en célébrant la noblesse et l'inaltérabilité de l'armée française par d'imposantes manifestations. Ces démonstrations patriotiques ne voulaient revêtir au début aucun caractère agressif, loin de là. Elles voulaient se réduire à ceci :

1° Flétrir, par un simulacre de crémation de l'effigie de Zola, l'attitude traîtesse de l'écrivain abject qui, n'ayant plus de fumier dans son naturalisme pour se nourrir, était aller le chercher dans les cloaques d'Israël, dans les boues de la trahison ;

2° Acclamer l'armée pour lui assurer la sympathie de tous les fils de la France et réhabiliter, aux yeux des autres nations, son honneur amoindri par la malsaine corrodité d'une indéniable trahison juive.

Ces ovations, inspirées par le plus pur patriotisme, furent considérées comme suspectes par les souteneurs juifs qui avaient marché en tenant par la main Israël.

Lépine, ex-sergot élevé comme par enchantement à la dignité de gouverneur, fit connaître son ignorance crasse en taxant ce mouvement de *guerre de religion* et en donnant des ordres répressifs en ce sens. Jacob Granet fut dans la jubilation et profita merveilleusement de l'incapacité gouvernementale pour venger Israël en édictant des ordres barbares à ses sbires et à son sous-lieutenant de carnage Paysant. Le Parquet siègea comme une inquisition permanente. Quoi ! tous les ennemis se dressèrent menaçants, formidables, mettant en mouvement toutes leurs forces et tous leurs pouvoirs. Israël même, se sentant soutenu, osa relever sa tête parcheminée de corbin et se montra d'une arrogance et d'une ironie révoltantes.

Agacé, las, par tant de taquineries judaïques et gouvernementales, le peuple mit un peu plus d'ardeurs dans ses manifestations. L'ennemi répondit par une plus grande sévérité de répression. Et ainsi, de part et d'autre, les esprits s'échauffèrent, l'animosité se dessina, prit forme, et, un beau jour, le gros nuage noir, qui planait sur l'horizon, creva.

Le choc fut terrible, les derniers évènements sont là pour le prouver. La jeunesse intellectuelle algéroise, qu'une année auparavant Max Régis avait conduit si vaillamment, venait de redonner le premier élan. Ce fut fini, aucun frein social ne put fonctionner. Durant un meeting où les chefs antijuifs de Constantine et d'Alger flétrirent le honteux syndicat, une bande d'assassins youtres, prêts à tout, lie puante des ghettos de la rue Randon, vint manifester en plein cœur d'Alger ses sentiments hostiles à la France aux cris de : Vive Zola ! A bas l'armée ! Un officier en civil, reconnu, fut houspillé, un autre blessé.

Il n'en fallu pas davantage pour mettre le feu aux poudres. Non contents de souiller l'armée, de ruiner le pays par ses vols, ses rapines, Israël allait devenir agressif maintenant sous la haute protection gouvernementale ?

La coupe d'infamie était trop amère et trop pleine. Elle déborda. A la sortie du meeting la foule indignée, et pendant trois jours durant, montra à la race puante que de jouer avec le feu était imprudent. Avide de liberté et de justice et non de sang et de pillage, comme certaine presse juive l'a représentée, elle se fit justicière elle-même, mais non criminelle. Et dès lors le cri : « Expulsion ! » devint la voix de ralliement de tous ceux qui sentaient dans leur poitrine battre un cœur français.

La mêlée ne fut certes pas un carnage et le sang ne coula pas en ruisseaux dans les rues comme quelques fantaisistes chromos parisiens l'ont représenté. Le peuple fut noble et chevaleresque, trop même, car Israël dissimulé derrière les volets du ghetto poignarda lâchement un des nôtres. Cet assassinat réclamait une vengeance exemplaire : le sang de Cayrol au retour de ses obsèques retomba sur la face glabre des youtres.

Durant ces manifestations légitimes, Gouverneur, Préfet, Commissaire central, firent preuve, le premier de son imbécilité, les autres de leur cynisme. Les charges des 23, 24, 25 janvier 1898 resteront éternellement gravées dans toutes les mémoires. La frousse de Jacob Granet entourant son château-fort Soult-Berg d'escadrons de chasseurs demeurera légendaire. Les assommades du central suivies de meurtre passeront à la postérité. Jamais cynisme ne fut si bien exprimé que par ce trio. Et si la foule s'est un instant exaspérée, c'est plutôt sous l'ignoble répression de la Force que sous l'insulte d'Israël.

Puis vint le Parquet, dont le carbonarisme est flagrant, et il commença le régime de la « Terreur » qui n'a pas encore pris fin. Les arrestations commencèrent, emplissant les cachots de Barberousse, de malheureux innocents assommés par le knout Paysantesque. Sur une simple dénonciation consistoriale, sans preuve, sans rien, on arracha des chefs de famille, des fils, des frères à l'affection des leurs et on les entassa de longs jours dans la geôle de la rue Scipion sans air, sans eau, sans pain. Raymond Raphaël, Antoine Plaça, deux honnêtes ouvriers, qui rentraient paisibles de leur travail, eurent le crâne défoncé par la matraque policière et les deux corps furent emportés furtivement vers le champs de repos et enfouis à côté de Cayrol.

Sur une fantaisie préfectorale, des sergots violèrent des domiciles soupçonnés de recels et leur irruption brutale, détermina chez une malheureuse femme en situation intéressante, des accidents qui faillirent lui coûter la vie. La terreur règna sinistre et pendant des semaines s'acheminèrent vers la prison, de malheureux manifestants atterrés sous l'écrasement d'une condamnation inexplicable.

Affolés, les juifs résolurent de se venger sur Max Régis.

N'ayant pu le poignarder dans la bagarre et profitant de l'obscurité profonde de la nuit, ils armèrent d'un revolver un dévoyé, qui, lâchement, tira sur le Directeur de l'*Antijuif* qui venait de conférencer à Birkadem.

Une balle l'atteignit au poignet droit, et ce n'est que miraculeusement qu'il fut sauvé.

Deux jours après, l'honneur algérien venant d'être insulté grossièrement par la presse juive parisienne, Max Régis partit à Paris pour le défendre devant le tribunal de l'opinion publique.

La réception du jeune conférencier dans la capitale fut un

triomphe. Acclamé par tous aux cris de : « Vive l'Algérie ! A bas les juifs ! » il fut reçu par les vaillants chefs antisémites de la Métropole.

Devant cinq milles personnes, au meeting de la salle Chaynes, sous la haute présidence d'Edouard Drumont, il mit les choses au point et donna un démenti formel aux calomnies de cette presse immonde qui souillait l'honneur colonial.

Il disséqua longuement le juif d'Algérie, éclaira sa hideur d'un jour tout nouveau ignoré par la Capitale, et, enthousiasmée, prise de délire, la salle entière jeta l'exclamation : « A bas les juifs ! »

Les ennemis devaient le traquer au delà de la grande bleue. Signalé à Thémis comme *apologiste des crimes (!) de Janvier dernier*, et *excitateur aux troubles*, on incrimina certaines phrases de son discours tandis qu'ici son frère Louis, vaillant et dévoué remplaçant directorial, ainsi que tous les principaux ligueurs antijuifs, étaient perquisitionnés à la requête d'un certain Lekointe, violemment pris à parti jadis par la *Libre Parole* et la *Silhouette*.

Toujours en tête de la mêlée, les attaques du pleutre Yves Guyot, que Régis a comparé à une « *vieille catin prostituée à tous les partis* », ainsi que celles formulées par le Garde des Sceaux en pleine Chambre, ne l'ont pas abattu. Salle Wagram devant une foule compacte, il s'est disculpé des attaques stupides gouvernementales et a réhabilité de nouveau l'honneur algérien.

Menacé d'un mandat d'amener par le Parquet d'Alger, Régis a été arraché à sa défense des Intérêts Algérois devant l'opinion de la Métropole.

La Ligue antisémite de Marseille a, dans un punch enthousiaste, fêté son passage dans cette ville et le voilà de nouveau devant cet implacable ennemi : le Parquet.

Telle est succintement l'œuvre accomplie dans huit mois par Max Régis : Elle est prodigieuse, inimaginable, tient du prodige ! Israël est en désarroi, déserte même ses ghettos, l'aisance revient dans le commerce français. Il ne reste plus qu'à morfondre les vendus et les judaïsants.

Devant une telle ardeur et de tels résultats, j'avoue qu'on peut dire de lui, qu'il a été à la peine, et qu'il est juste qu'il soit à l'honneur !

VIVE RÉGIS !
A BAS LES JUIFS !

Fernand LAFFITTE.

www.ingramcontent.com/pod-product-compliance
Ingram Content Group UK Ltd.
Pitfield, Milton Keynes, MK11 3LW, UK
UKHW020552230726
13925UKWH00006B/2561